JEANNE

LA BONNE PETITE MARRAINE

PARIS. — IMPRIMERIE SIMON RAÇON ET COMPAGNIE, RUE D'ERFURTH, 1.

Arnoul lith.

Imp.Becquet,Paris. p.v.

La tête en avant, elle fonça sur la méchante bête qui commença à reculer.

JEANNE

LA BONNE PETITE MARRAINE

PAR

OCTAVE FÉRÉ

ILLUSTRATIONS DE J. DESANDRÉ

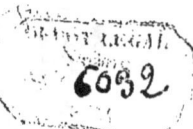

PARIS

BERNARDIN-BÉCHET, LIBRAIRE-ÉDITEUR

51, QUAI DES GRANDS-AUGUSTINS, 51

1875

Arnoul lith.

Imp.Becquet, Paris. p.v.

Elle le déposa rapidement sur le petit tertre de gazon au-dessus duquel s'élève le socle de la croix.

JEANNE

LA BONNE PETITE MARRAINE

I

LA CHÈVRE BLANCHE

l y a en Normandie, dans la Seine-Inférieure, un pays ravissant que l'on nomme Offranville. Les hameaux s'y cachent sous de grands arbres, les chemins sont bordés de hautes haies parées de guirlandes de fleurs et de grappes de fruits rouges comme du corail ou noirs comme le jais; tout le long s'arrondissent des talus, des tapis verts semés de violettes, de pâquerettes, de boutons d'or, de pensez-à-moi; il n'y a qu'à se baisser pour cueillir les bouquets à pleines mains. Enfin, pour que rien ne manque à ces paysages séduisants, ils aboutissent à de grandes falaises, d'où l'on domine la mer, qui s'étend si loin, si loin, que ses eaux vertes se confondent avec le bleu du ciel.

On aimerait à supposer que dans un si beau canton il n'y a que des heureux, et qu'une si belle nature éloigne la pensée des mauvaises actions. Le commencement de cette histoire va malheureusement prouver le contraire.

Un soir du mois de mai 186., à la nuit tombée, une femme se glissa le long des haies, jusqu'à un carrefour où viennent se croiser plusieurs chemins, et dont le milieu est occupé par une croix de pierre.

Lors même qu'il n'eût pas fait très-noir, il aurait été impossible de distinguer les traits ni la tournure de cette femme. Elle était complétement enveloppée d'une grande pelisse brune, dont le capuchon lui retombait très-bas sur le visage.

Arrivée au pied du vieux calvaire, elle prêta encore l'oreille, et s'étant assurée que personne ne pouvait la voir ni l'entendre, elle tira de dessous sa pelisse un paquet qu'elle portait dans ses bras. Elle le déposa rapidement sur le petit tertre de gazon au-dessus duquel s'élève le socle de la croix, et s'effaça derrière une haie voisine sans laisser de trace.

Cet objet ainsi abandonné n'était autre qu'un enfant, si petit, si petit, qu'il n'avait certainement pas plus de huit jours.

Cela est bien cruel, mes chers enfants, d'exposer ainsi en pleine campagne, à la merci de tous les dangers et de toutes les souffrances, un être chétif et innocent, et vous avez de la peine à comprendre qu'il y ait des cœurs assez durs pour cela, vous qui avez le bonheur de posséder de tendres parents. Il faut pourtant vous le dire, cela arrive quelquefois, et cela arriva cette nuit-là, comme je vous le raconte, et bien certainement la méchante femme qui commettait ce crime n'était pas la mère de la pauvre petite créature, car il n'y a pas au monde une mère capable d'une si affreuse action.

Cet enfant était une petite fille, et l'infortunée, quand elle ne se sentit plus abritée et bercée dans les bras qui l'avaient apportée, se mit à crier de sa voix faible et lamentable.

Mais le carrefour du Calvaire est loin de toute habitation; une fois la nuit venue, il ne passe guère personne dans ces chemins écartés, et ce que les plaintes de l'enfant pouvaient le plus sûrement attirer, c'était quelqu'une des méchantes bêtes, telles que les renards et les

Arnoul lith.

Imp. Becquet, Paris. p. v.

Il partit du tertre de la croix un son de clochette mêlé de cris.

loups qui sont nombreux dans les bois de ce pays. Ils n'en auraient fait qu'une bouchée.

Le bonheur voulut qu'il n'en fût pas ainsi, les cris s'apaisèrent par enchantement, et ils avaient cessé depuis un quart d'heure, quand le roulement d'une voiture se fit entendre.

C'était une grande calèche de campagne, munie de lanternes, traînée par deux chevaux et adroitement conduite dans ces chemins tortueux et inégaux par un cocher en livrée. Elle se rapprochait d'instant en instant et allait traverser le carrefour.

Cette voiture portait une dame et ses deux enfants.

L'instant était décisif. Si elle passait sans que les voyageurs aperçussent l'enfant, qui paraissait s'être endormie, ou si ces voyageurs étaient des gens indifférents, ou pis que cela, des gens sans pitié, c'en était fait de la pauvre abandonnée, il n'était pas probable qu'elle survécût aux dangers de cette nuit.

Mais voilà qui devient plus merveilleux : au moment où l'attelage pénétra dans le carrefour, il partit du tertre de la croix un son de clochette mêlé de cris, qui n'étaient pas du tout pareils à ceux d'un enfant, et qui étaient beaucoup plus forts et plus perçants.

Les lanternes projetèrent en ce même moment leur clarté de côté, et le cocher aperçut quelque chose de blanc qui semblait se remuer et se démener, tantôt se haussant tantôt se baissant, avec ce bruit de clochette et ces sons plaintifs. Fortement intrigué, il crut devoir arrêter ses chevaux pour mieux voir.

— Eh bien, Joseph, qu'y a-t-il? demanda la dame.

Joseph allait répondre, quand il fut devancé par deux voix enfantines qui s'écrièrent en même temps :

— Maman ! maman ! regarde donc, là-bas contre la vieille croix !

La dame se retourna alors vers la seconde portière, qu'elle se hâta d'abaisser, et aperçut comme le cocher et ses enfants l'objet dont la lumière faisait ressortir la blancheur, et entendre le bruit qui avait intrigué Joseph.

— Je ne sais pas ce que c'est, dit celui-ci, mais cela me paraît bien singulier. Si j'osais laisser mes chevaux seuls j'irais voir, mais je crains qu'ils ne prennent peur, celui de droite surtout qui est ombrageux.

— Restez, répondit la dame, je vais regarder moi-même.

Sautant légèrement à terre, elle franchit les quelques pas, et poussa un cri de surprise qui fit aussitôt accourir son petit garçon, âgé d'une dizaine d'années, et sa fillette, qui n'en avait pas encore neuf.

La petite abandonnée était toujours étendue, emmaillottée contre le socle du calvaire, mais elle n'y était plus seule. Au lieu des bêtes sauvages qui auraient pu la dévorer, c'était une nourrice qui était arrivée à sa voix, et cette nourrice était une belle chèvre blanche, qui lui avait d'elle-même donné sa mamelle que l'enfant tétait encore.

L'approche de la compagnie ne la dérangea pas de ses importantes fonctions, elle témoigna seulement par un bêlement et par des mouvements de tête caressants, qui firent sonner plus fort une clochette attachée à son cou par un cordon de cuir, qu'elle était habituée au monde.

Les deux enfants et la mère restaient en contemplation devant cette scène, sans pouvoir se l'expliquer ni se lasser de l'admirer.

C'était une famille des environs d'Offranville et l'une des plus considérées et des plus riches.

La jeune mère, madame de la Chesnaye, avait une trentaine d'années; son mari servait alors avec un grade supérieur dans l'armée d'Afrique, et pendant son absence, elle habitait solitairement leur château de la Chesnaye, en s'occupant de l'éducation de Gaston et de Jeanne. Elle revenait ce jour-là d'une excursion à la ville et regagnait sa résidence.

La petite fille s'était agenouillée près du bébé, pendant que Gaston caressait la chèvre, qui se laissait faire avec un visible plaisir.

Madame de la Chesnaye s'efforçait de percer du regard les alentours, dont la vive clarté du réflecteur de la calèche augmentait l'obscurité, et ne pouvant supposer qu'une créature si chétive eût

Arnoul lith.

Imp.Becquet,Paris. p.v.

La petite fille s'était agenouillée près du bébé pendant que Gaston caressait la chèvre.

été ainsi exposée, elle appelait les parents qu'elle supposait dans le voisinage.

— Oh ! dit Joseph, qui avait tout à fait rapproché l'équipage, je crois que madame perd son temps. Les enfants qu'on dépose la nuit le long des chemins, on ne vient guère les reprendre, et les scélérats qui ont fait le coup n'ont qu'un soin, c'est de se sauver le plus loin possible.

— C'est affreux ! s'écria la jeune et compatissante dame, qui vous fait supposer ?...

— Hélas ! je suppose ce qui est malheureusement vrai ; madame voit bien que personne ne vient et personne ne viendra ; je ne sais pas d'où est sortie cette chèvre, qui est plus charitable que bien des gens, mais évidemment elle n'a pas été amenée là exprès, il faut qu'elle y soit venue d'elle-même, peut-être étant égarée dans la campagne. Enfin ce n'est pas là l'essentiel.

Joseph était un vieux serviteur, qui jouissait auprès de ses maîtres de plusieurs priviléges, notamment de celui de donner son avis, et l'on voit qu'il en usait. Où il fallait une parole, le bonhomme en disait quatre.

— Quel est donc l'essentiel, à votre avis ? lui demanda madame de la Chesnaye.

— Mon Dieu, madame est bien bonne de me consulter, je suis sûr que son parti est déjà pris et je ne lui en conseillerais pas d'autre.

— C'est de recueillir le bébé et de l'emporter, dit la jeune femme.

— Madame l'a dit, je l'avais deviné.

— Oh ! oui, maman, dirent ensemble le frère et la sœur, emportons-la, cette pauvre petite ; tiens, elle nous tend les bras.

En parlant ainsi, Jeanne avait déjà pris l'orpheline dans les siens et répondait à son sourire en l'embrassant.

La mère n'eut garde de contrarier un désir qu'elle partageait, mais pour leur laisser le mérite de la bonne action :

— J'y consens, mes enfants, dit-elle, puisque vous le voulez.

— Elle est si malheureuse de n'avoir pas de maman ! dit Jeanne. Si tu veux, c'est moi qui serai sa petite mère ?

— Oh ! répondit madame de la Chesnaye, c'est qu'il faudrait être bien raisonnable pour cela !

— Tu verras, je ne me ferai plus jamais gronder !

En parlant ainsi, la gentille Jeanne emportait sa protégée du côté de la voiture.

— Oh ! maman, dit à son tour Gaston, qui était déjà en grande amitié avec la nourrice, emmenons aussi la chèvre !

Madame de la Chesnaye n'eut pas la peine de répondre ; Blanchette, voyant sa nourrissonne dans la calèche, ne fit qu'un bond et y sauta en réclamant l'hospitalité par un bêlement.

— C'est fort bien, dit la maman, mais cette chèvre appartient à quelqu'un ; il n'est pas probable que personne réclame le bébé, mais il est à peu près certain qu'on réclamera cette jolie bête blanche. Qu'est-ce que vous pensez de cela, Joseph ?

— Il est clair, répondit le cocher, que cette bête appartient à quelque paysan des environs, et en nous adressant au prochain village, on ne manquera pas de nous renseigner.

La chose étant ainsi convenue, la calèche reprit son train avec son supplément de voyageurs.

Arnoul lith.

Imp.Becquet,Paris. p.v.

La voilà ! la voilà !... c'est elle !... mirâcle, Blanchette voyage en carosse !

II

L'ADOPTION

e vieux Joseph avait raison, en approchant de la première maison d'un hameau situé sur la route, à un quart de lieue de la Croix de pierre, on aperçut diverses personnes allant et venant avec des lanternes et appelant en imitant le cri habituel des chèvres.

A ce train, Blanchette mit brusquement le nez à la portière et des voix enfantines piaillèrent en entourant l'équipage :

— La voilà ! la voilà !..... c'est elle !..... Miracle ! Blanchette voyage en carrosse !

C'étaient les maîtres de la vagabonde ; elle avait reconnu leur voix et leur faisait bon accueil à sa manière, en bêlant et en secouant son grelot.

— C'est Blanchette ! c'est bien elle ! répétaient les paysans, et, comme la voiture avait fait halte devant leur porte, les marmots grimpaient en se bousculant sur le marchepied pour embrasser la voyageuse, qui leur rendait leurs caresses par la fenêtre.

Madame de la Chesnaye parvint à dominer ce train en s'adressant à la fermière ; elle sut que la vagabonde s'était échappée dans l'après-midi et qu'on la cherchait en vain depuis ce moment. Mais en apprenant dans quelle occupation on l'avait trouvée :

— Tout s'explique, dit la paysanne; Blanchette est la meilleure nourricière du village, elle a pour les petits enfants une amitié extraordinaire, elle les recherche, et ayant entendu pleurer la petite abandonnée, elle aura couru s'installer auprès d'elle et lui rendre ses services.

— Ma brave femme, répondit la jeune dame, intéressée par cette explication naturelle d'un fait qui avait paru si étonnant, nous avons l'intention, mes enfants et moi, d'adopter l'orpheline, et je vous avoue que la question d'une nourrice m'embarrassait. Mais, puisque le bon Dieu nous en a envoyé une si prévenante et si avantageuse, je voudrais bien la conserver.

La fermière ne parut pas goûter cette proposition et témoigna peu d'empressement à se séparer de sa bête. Les marmots, menacés de la perdre, redoublèrent leurs caresses et se mirent à geindre, comme s'il se fût agi d'une nourrice ordinaire ou d'une sœur.

— Vous tenez donc beaucoup à cette chèvre? dit madame de la Chesnaye.

— Bé dame! oui, répondit la bonne femme; c'est la plus gentille bête de la maison, c'est elle qui a donné son lait à tous mes mioches, elle est intelligente comme une personne naturelle et vous voyez comme les petiots sont après elle.

Ces détails augmentèrent le désir de madame de la Chesnaye, et, de leur côté, Gaston et Jeanne la supplièrent d'acheter Blanchette.

— Ma bonne femme, dit-elle, il faut absolument que vous m'aidiez; il s'agit d'élever cette innocente, c'est une œuvre de charité chrétienne et d'humanité. Une bonne chèvre ordinaire coûte 25 à 30 francs; voici 100 francs, abandonnez-moi la vôtre.

Devant une offre aussi généreuse, l'attachement ne résista pas : le marché fut conclu, et Blanchette resta dans la calèche, qui reprit définitivement sa marche jusqu'au château.

Toutefois, avant de la laisser partir, la paysanne l'embrassa une dernière fois et dit au frère et à la sœur :

— Mademoiselle, et vous surtout, mon petit monsieur, je dois vous donner un avertissement. Blanchette est une excellente bête, elle affectionne beaucoup les enfants, mais il ne faut pas la tourmenter. Quand on la tracasse, elle *boutte*, et, avec des cornes pareilles, quoique n'étant pas méchante, elle peut vous faire du mal. Autrement, tant que vous serez doux pour elle, elle jouera avec vous et vous suivra comme un jeune chien.

L'avis n'était pas inutile ; mais, ainsi que beaucoup d'autres bons conseils, il ne devait peut-être bien être apprécié qu'un peu plus tard : c'est ce que nous verrons.

Le frère et la sœur promirent cependant de ne pas l'oublier, et emmenèrent triomphalement leur nouvelle amie, dont tout le monde, au château, apprécia bientôt la gentillesse et l'utilité.

La chèvre est, en effet, l'un de nos animaux domestiques les plus gais et les plus faciles à attacher et à dresser, en dépit de son apparence capricieuse et vagabonde.

Cet animal n'a qu'un inconvénient, c'est de trop aimer les jeunes pousses des haies et des bois ; il détruit d'un coup une plantation, et, sa dent ayant quelque chose de corrosif, les plantes ont ensuite beaucoup de peine à repousser. C'est pour cela qu'au lieu de les laisser paître en liberté on est obligé de leur choisir les places et de les mettre au piquet.

A part cela, la chèvre présente beaucoup d'avantages. Elle a une telle sympathie pour l'homme que l'on est porté à croire que les premières dont celui-ci fit la conquête vinrent d'elles-mêmes vers nous. C'est certainement elle qui a composé, avec les brebis, les premiers troupeaux. Elle est d'ailleurs bien plus intelligente, plus hardie et plus forte que le mouton, et elle a le sentiment de sa supériorité. Ainsi, lorsqu'il y a une chèvre parmi un troupeau, c'est toujours elle qui marche en tête, portant fièrement son front, prête à lutter contre les ennemis, quels qu'ils soient, et se montrant très-glorieuse quand elle se sent au cou un grelot qu'elle peut faire sonner, ainsi que le faisait notre Blanchette. Dans ces hautes fonctions, regardez-la marcher : ce n'est pas un quadrupède vulgaire,

2

c'est une reine, pénétrée de toute son importance. Les moutons, fussent-ils plusieurs milliers, se soumettent à sa supériorité et la suivent avec une docilité aveugle.

Madame de la Chesnaye ne pouvait avoir la main plus heureuse pour sa protégée. Blanchette, ainsi que l'avait dit la fermière, possédait les meilleures qualités de sa race.

Qui de vous, mes gentilles lectrices, n'a pas admiré ces jolies chèvres qui donnent à teter à des bébés et les prennent en affection comme leurs propres enfants? Dans les salles d'asile, où de bonnes religieuses recueillent aussi de tout petits enfants que leurs parents n'ont pas les moyens de garder auprès d'eux, on place ces enfants dans des berceaux d'osier très-bas, et on leur donne pour nourrices des chèvres. C'est un spectacle ravissant de voir celles-ci caresser leurs nourrissons et leur présenter leurs mamelles gonflées, sans qu'on ait besoin de les amener, et sans qu'elles se trompent de berceau. C'est toujours à celui qu'elles ont adopté qu'elles vont tout droit.

Gaston et Jeanne ne firent grâce à leur maman d'aucune question ni d'aucun détail sur ce qui concernait leur acquisition, et madame de la Chesnaye se fit un plaisir de les renseigner. Elle leur apprit que la chèvre appartient aux contrées chaudes et tempérées de ce qu'on appelle l'ancien monde, c'est-à-dire le grand continent, qui comprend l'Europe, l'Asie et l'Afrique. Lorsqu'on découvrit l'Amérique et l'Océanie, ces pays n'en possédaient pas, et celles qu'ils élèvent maintenant descendent des sujets que nos navigateurs débarquèrent.

Quand la chèvre est livrée à elle-même, elle montre une humeur capricieuse, une vivacité de mouvements, des changements de goût sans motif et sans but, qui feraient supposer qu'elle est indisciplinable; mais ce n'est là qu'une apparence, et bientôt on reconnaît son caractère sociable.

Dans les rues mêmes de Paris, sans aller chercher nos exemples si loin, on rencontre tous les jours, à certaines heures du matin et du soir, des chèvres mêlées aux petits troupeaux d'ânesses qui portent leur lait aux malades, et, non moins dociles et intelligentes que leurs compagnes, il suffit de leur avoir montré un chemin et une porte une fois pour qu'elles les reconnaissent le lendemain.

Une de leurs supériorités consiste dans leur dégoût de tout ce qui est malpropre. Elles poussent même sur ce chapitre la délicatesse à l'excès. Tandis que les ânesses mangent avidement les débris de légumes abandonnés le long des ruisseaux, les chèvres passent dédaigneuses. Elles broutent les bruyères, les ronces, les plantes les plus dures et les plus sèches, mais à condition qu'elles soient propres. Elles ont pour cela un flair extraordinaire. Vous pouvez en faire facilement l'expérience, elles prendront avec reconnaissance les feuilles que vous leur présentez, mais si seulement vous avez soufflé dessus, si pure que soit votre haleine, par aucun moyen vous ne les leur ferez manger.

Certaines espèces ne sont pas seulement recherchées pour leur lait; elles donnent, comme les brebis, une riche toison. Les chèvres de *Cachemire*, répandues depuis la Chine jusqu'à la Turquie d'Asie, et que l'on acclimate à présent avec succès en Europe, fournissent le duvet soyeux et fin qui a donné son nom aux précieux tissus, châles, burnous, tapis, qu'il sert à confectionner.

Il y a en France, dans le Midi, notamment dans le Lyonnais, des localités dont les habitants vivent exclusivement du produit de leurs chèvres.

Ces explications achevèrent de donner à nos petits amis une excellente opinion de Blanchette. Celle-ci, prenant à tâche de la justifier, partageait ses caresses entre eux et sa nourrissonne, avec laquelle elle fut installée à la ferme du château et confiée aux soins de la métayère, qui était une excellente femme.

Cette ferme n'étant séparée du château que par une barrière communiquant entre le verger et la basse-cour, l'orpheline se trouvait sous le regard assidu de ses bienfaiteurs. Mais rien ne va tout seul, sans peine et sans inconvénients, sur cette terre, ainsi que nous allons être prochainement forcé de le reconnaître.

III

LE BAPTÊME

aston et Jeanne étaient deux charmants enfants qui s'aimaient comme un frère et une sœur doivent s'aimer. Mais ils ne se ressemblaient ni par les traits ni par le caractère.

Jeanne était une jolie blondinette, blanche et rose, très-douce, très-timide et très-obéissante.

Gaston — j'ai bien du regret à l'avouer, mais la vérité avant tout! — ce n'était plus du tout cela. Gaston, c'était un vrai diable.

Cela se lisait tout de suite, d'ailleurs, sur ses traits et dans ses manières. Il était pourtant très-joli, cet enfant terrible, avec de grands yeux noirs pleins d'intelligence et de malice, grand et élancé pour son âge, remuant, tapageur, un cœur excellent, mais une tête! Ah! mes enfants, il n'y avait sorte de malice, d'espièglerie, qu'il n'imaginât. Il déchirait ses livres pour faire des cocottes, brisait ses plumes, jouait au bâtonnet avec ses crayons, attachait dans le dos du vieux Joseph des écriteaux avec des oreilles d'âne, renversait son encrier, déchirait ses habits en passant par le trou des haies, lâchait les chevaux du fermier dans la luzerne; enfin, le bon abbé Carrel, curé de la Chesnaye, qui lui servait de précepteur, y perdait son latin.

Il est vrai qu'il possédait une qualité qui rachète bien des choses, il avait bon cœur, mais cela ne suffit pas toujours. Il n'avait pas

Arnoul lith.

Imp.Becquet,Paris. p.v.

Merci, Mademoiselle, cela portera bonheur à vous et à votre filleule.

plutôt fait une niche qui avait causé du mal ou de la peine à quelqu'un, qu'il se désolait et se mettait en quatre pour la réparer. Mais, comme lui répétait l'abbé Carrel, il aurait bien mieux valu ne pas la commettre. En évitant la faute, on s'épargne le regret, et l'on a la satisfaction de n'avoir été désagréable à personne.

Madame de la Chesnaye crut avoir trouvé le moyen de le rendre plus raisonnable. C'était de le choisir pour parrain de la petite abandonnée, car cette infortunée ne paraissait pas avoir reçu le baptême; rien ne l'indiquait, ni un billet, ni une médaille déposés dans ses langes, ainsi qu'il arrive souvent pour les enfants ainsi délaissés.

On pensa donc que la gravité de ce titre, dont on fit sentir l'importance au jeune espiègle, aurait sur lui une bonne influence. Il était intelligent, comprit parfaitement qu'il prenait là une obligation, qu'il avait maintenant quelqu'un de plus faible que lui à protéger, et promit de grand cœur tout ce qu'on lui demanda.

Quant à la marraine, ce fut naturellement l'aimable Jeanne, ravie d'avoir une petite fille d'adoption, et qui, d'elle-même, déclara que désormais, au lieu de travailler pour ses poupées, elle ne ferait plus de broderies et de couture que pour sa filleule.

A part le regret qu'un fait pareil à celui de l'abandon d'un pauvre enfant eût été commis, les généreux protecteurs de l'orpheline bénirent la Providence, qui s'était si visiblement manifestée en faveur de ce petit être, en lui envoyant d'abord la chèvre dont le lait l'avait empêchée de mourir de faim, et ensuite la famille bienfaisante qui l'avait adoptée. On décida que le baptême aurait lieu sans retard.

Quel bonheur pour le frère et la sœur! Ce fut une fête dans le village. Le parrain et la marraine distribuèrent des secours aux indigents, des vêtements aux enfants pauvres, et pour joindre l'agréable à l'utile, des douceurs et des friandises à tout le monde.

Ce fut Simonne, la fermière, qui porta l'enfant à laquelle la population fit un cortége, où se mêla Blanchette, qui ne quittait pas sa nourrissonne d'un pas, et qu'on eut bien du mal à empêcher d'entrer dans l'église. Elle se démenait à la porte comme un vrai cabri, bêlant et donnant des coups de tête. Il fallut l'attacher sous le porche.

On choisit pour la baptisée le nom de Louise, qui était un de ceux de sa marraine.

La cérémonie se passa à merveille : le bébé ne pleura pas trop quand on lui versa l'eau froide sur le front, et les caresses de sa marraine ramenèrent promptement son sourire. Cette enfant chétive était d'une gentillesse qui prévenait en sa faveur, et ses yeux, qui ne s'ouvraient que depuis peu de temps, étaient très-beaux.

Au moment de sortir de l'église, Jeanne remarqua dans le coin le plus obscur, près de l'escalier du clocher, une femme pauvrement vêtue, la tête cachée par le capuchon d'une mante, qui priait avec ferveur. Elle paraissait jeune et si malheureuse que la bonne petite fille, touchée de compassion, lui glissa les deux ou trois pièces d'argent qui lui restaient de sa distribution aux autres pauvres. Cette femme, en les recevant, retint la main de la jeune fille, la pressa sur ses lèvres, et lui dit en pleurant :

— Merci, mademoiselle, cela portera bonheur à vous et à votre filleule; soyez douce pour la petite que vous venez de nommer et qui a tant besoin de vous, le bon Dieu vous bénira.

Cette bénédiction d'une pauvre femme rendit Jeanne toute pensive et la pénétra si vivement qu'elle fut sérieuse le reste de la journée, et que cette scène resta gravée dans sa mémoire.

Arnoul lith.

Imp. Becquet, Paris. p.v.

La chèvre happait à la volée les brindilles fraîches et les rameaux des arbustes. .

IV

LA VOITURE D'OSIER

a petite Louise venait à merveille ; elle était presque aussi souvent au château qu'à la ferme ; ses protectrices ne restaient pas un jour sans s'occuper d'elle. Madame de la Chesnaye était une femme supérieure, qui ne faisait pas les choses à demi et qui se plaisait à habituer sa fille à la persévérance.

Elle était son institutrice, et c'était sa manière de se consoler de l'absence de son mari. Jeanne passait une partie de ses récréations avec sa filleule et Blanchette.

On était plus content de Gaston, il faut lui rendre cette justice. Il faisait son possible pour tenir sa parole, mais il y avait encore terriblement à dire! Lui aussi aimait à jouer avec Blanchette, seulement il oubliait la recommandation de la paysanne qui l'avait vendue, et il avait des dispositions insurmontables à la taquiner et à la prendre par les cornes, ce qu'elle détestait particulièrement.

La Simonne avait beau lui répéter :

— Prenez garde, monsieur Gaston, la bête est rusée, elle vous jouera un mauvais tour; ne vous y fiez pas, soyez plutôt gentil avec elle comme votre sœur, elle vous obéira tant que vous voudrez.

Le lutin obstiné n'en tenait pas compte, et cependant plusieurs fois Blanchette, qui ne demandait qu'à exercer ses cornes, l'avait bousculé et roulé sur l'herbe de la cour. Ce jeu le divertissait. Il ne comprenait pas que l'excellente bête le ménageait et n'usait pas contre lui de toute sa force.

Un certain jour, il lui passa une fantaisie diabolique. Ayant remarqué que la chèvre blanche, ainsi que la plupart des animaux de son espèce, moutons, chevreuils, daims et autres, avait un goût particulier et très-bizarre pour le papier, ne s'avisa-t-il pas de lui faire manger feuille par feuille un superbe cahier où Jeanne était en train de copier des fables, pour l'offrir comme surprise à la fête de sa maman.

Il était rayonnant de cet exploit, quand la chère petite, qui cherchait son cahier partout, aperçut la chèvre engloutissant la dernière page.

— O Gaston! s'écria-t-elle, que tu es méchant!

Et elle se mit à sangloter si fort que la maman entendit et voulut savoir ce qui se passait.

Jeanne refusait de le dire, craignant, malgré son désespoir, de faire punir son frère; elle allait être punie elle-même pour son refus de répondre, lorsque Gaston, n'y tenant plus, s'écria :

— Non, maman, ce n'est pas elle, c'est moi qui suis coupable, et je veux absolument être puni deux fois, d'abord pour avoir donné son cahier à manger à Blanchette, et ensuite pour lui avoir causé du chagrin. Allons, petite sœur, ajouta-t-il en l'embrassant à deux bras, me pardonnes-tu?

Jeanne lui rendit son embrassement et demanda sa grâce, mais il se condamna lui-même à recopier le cahier jusqu'à l'endroit où il en était.

Vous voyez qu'il avait du bon, seulement il ne résistait pas au plaisir de faire une niche, et il recommençait constamment. Un certain jour cela faillit lui coûter cher.

S'étant mis à lutiner Blanchette, qui était grande et bien plus forte que lui, il avait déjà reçu plusieurs coups de boutoir, et malgré la métayère, qui voyait cela du pas de sa porte et lui criait de finir, il continuait de plus belle sa partie avec la bête, qui ne

Arnoul lith.

Imp. Becquet, Paris. p.v.

Il était dans un état pitoyable, mais il était sauvé c'était l'important.

demandait pas mieux, et ils couraient à l'envi sous les grands arbres de la cour l'un après l'autre, se culbutant et s'entre-roulant.

Dans son ardeur il ne s'aperçut pas qu'il s'approchait à reculons d'une mare profonde ; il voulut saisir la chèvre par la barbe, mais, plus vive que lui, elle lui envoya en pleine poitrine un si vigoureux coup de front, qu'il fit un tour sur lui-même et tomba au plus creux de la mare.

L'eau fit un grand clapotis, jaillit en l'air, et l'imprudent, étourdi du choc, ne trouva même pas la présence d'esprit de se débattre ni de se raccrocher à rien.

La Simonne et Jeanne, témoins de l'accident, accoururent en poussant des appels désespérés ; mais la distance était assez longue, la cour étant un de ces immenses vergers qui entourent les métairies.

Blanchette s'était arrêtée sur le talus, raidie sur ses quatre pattes, effrayée de ce qu'elle avait fait, tendant le cou sur la mare, et poussant des bêlements lamentables.

Le garçonnet pouvait être noyé avant que l'aide arrivât, quand une femme qui venait d'entrer dans l'enclos se mit bravement à l'eau jusqu'à la ceinture, et, non sans s'exposer elle-même, le ramena sur le bord.

Il était dans un pitoyable état, je vous prie de le croire, mais il était sauvé, c'était l'important.

Jeanne, qui arrivait en ce moment, reconnut dans la femme qui avait accompli ce sauvetage la mendiante qu'elle avait assistée quelque temps auparavant à la sortie de l'église.

— Vous voyez, mademoiselle, dit cette pauvre femme, le bon Dieu m'a exaucée ; je mourais de besoin le jour où vous m'avez donné l'aumône ; aujourd'hui, c'est moi qui suis assez heureuse pour vous être utile. Si je n'avais pas su qu'on était charitable dans cette maison, je n'aurais pas eu l'idée d'y venir quêter, et votre frère aurait peut-être péri.

On a donc raison de dire qu'un bienfait n'est jamais perdu.

Nous n'avons pas besoin d'ajouter qu'à la suite de cette aventure,

3

notre Gaston renouvela ses protestations de devenir sage et tranquille.

Nous verrons de quelle manière il les tint.

Or, il était d'autant plus coupable qu'il avait sous les yeux l'exemple de sa sœur, qui servait tout à fait de petite mère à leur filleule.

Jeanne se rappelait que les chèvres, malgré leur apparence indisciplinée et capricieuse, sont susceptibles d'être dressées et instruites aussi bien que les chiens et les autres animaux dont on vante l'intelligence.

Elle était parvenue tout d'abord, sans y mettre de peine, à se faire tellement aimer de Blanchette, que la jolie bête la sentait venir de loin et courait en cabriolant au-devant d'elle, arrachant son piquet pour la joindre. Elle partageait si également son amitié entre elle et sa nourrissonne, qu'on n'aurait pas su dire laquelle elle préférait. Quand elle avait donné son lait au bébé, elle aurait suivi sa maîtresse au bout de la terre, l'égayant, batifolant, escaladant les tas de pierres, lui frayant de ses cornes le passage à travers les haies.

Il lui arriva même de faire mieux. Une fois que Jeanne s'était lancée dans ses jeux jusqu'au bout d'une avenue, un chien errant de mauvaise mine vint à passer, et, grognant d'une manière inquiétante, voulut se jeter sur la jeune fille. Blanchette, dont on connaît la bravoure, ne lui en laissa pas le temps; la tête en avant, elle fonça sur la méchante bête, qui commença à reculer; elle la poursuivit pas pour pas et lui administra de si rudes estocades, qu'il s'échappa en hurlant, les oreilles déchirées et le museau ensanglanté.

Pour en revenir à l'éducation de Blanchette, elle marchait à merveille. Elle dansait de la façon la plus comique sur ses deux pattes de derrière, elle passait dans des cerceaux comme un cheval du cirque, elle rapportait les objets qu'on laissait tomber; enfin, ainsi que Jeanne l'avait lu dans un livre, elle commençait à jouer aux dominos autant qu'une chèvre peut y jouer. C'est-à-dire qu'on étalait devant elle un jeu, et qu'elle désignait de la patte ceux qu'on lui demandait.

Pour sa peine, on la comblait de morceaux de sucre et surtout d'herbe fraîche. Elle était si amusante et si douce enfin qu'elle récréait aussi bien les grandes personnes que les enfants. Lorsqu'il venait des visites au château, on admettait mademoiselle Blanchette au salon, et sauf que ses sabots glissassent sur le parquet et qu'elle y commît certaines impertinences qui faisaient grogner Joseph, dont elle ne respectait pas le parquet bien frotté, elle donnait la comédie à la société.

C'était à ravir, et les choses auraient continué sur ce pied si Gaston n'avait eu une de ces idées enragées dont les plus sévères leçons ne le corrigeaient jamais pour longtemps.

Celle-ci faillit amener des conséquences bien pires que les précédentes, et me donnent la chair de poule à moi-même, au moment de les raconter.

Sa sœur et lui savaient combien les chèvres sont solides; ils en avaient vu, dans Paris, porter un bât où est fixé un coffre dans lequel leur maître met des provisions de fromage, de beurre, de crème qu'il distribue en ville. Tous les deux avaient admiré les mignons équipages traînés aux Champs-Élysées par des attelages cornus, pimpants et gaillards. Eux-mêmes, le jeudi et le dimanche, n'éprouvaient pas de plus grand bonheur que d'y prendre place, surtout quand Gaston pouvait s'asseoir sur le siége et tenir en main le fouet de cocher.

Ce qu'il imagina pour commencer ne parut pas présenter d'inconvénients. Il réclama le droit de prendre part à l'éducation de Blanchette, et pour cela il pria sa maman de faire façonner par un ouvrier du village une petite voiture.

La maman, qui était parfois un peu faible, consentit.

Cette voiture, composée d'un berceau d'osier sur deux roues, était très-légère et devait servir à promener Louise, qui ne pesait pas beaucoup non plus.

L'ouvrier s'acquitta convenablement de sa tâche. L'équipage, sans avoir l'élégance de ceux des Champs-Élysées, était suffisant ; le harnachement, les rênes, les courroies en cuir et en toile ne blessaient pas la chèvre ; c'était pour elle une plume à traîner.

Cependant, elle ne s'y résigna pas tout de suite. Elle était nourrice par tempérament, et n'avait pas du tout envie de devenir carrossière. La première fois qu'elle se sentit attelée, elle éprouva une telle colère, qu'elle partit d'une course folle à travers cours et jardins, mettant le panier en morceaux et se sauvant avec le train des deux roues, dont l'essieu était fait d'un gros bâton.

Si cela peut vous intéresser, je vous dirai que c'est exactement ce qui arriva aussi à l'homme aux chèvres des Champs-Élysées, la première fois qu'il eut l'idée d'atteler un de ces animaux pour promener son propre enfant. Tout fut culbuté. Ce ne fut qu'après plusieurs expériences qu'il dompta sa bête. A force de patience, il réussit si bien qu'il conçut l'idée de construire les voitures que vous connaissez, et avec lesquelles il a fait une fortune d'autant plus remarquable, qu'à son début il ne possédait pas d'autre bien que sa première chèvre.

Gaston riait à se tordre les côtes en voyant Blanchette prendre le mors aux dents ; Jeanne, au contraire, pleurait, craignant que sa chèvre ne se fît du mal. En résumé, comme on s'était bien gardé de mettre Louisette dans la carriole, et qu'il n'y avait pas grand dommage, on rattrapa Blanchette empêtrée dans ses courroies, et tout le monde finit par en rire aussi.

Mais Gaston avait mis dans sa tête d'habituer la chèvre blanche au harnais, il n'en eut pas le démenti. Le léger carrosse fut réparé, consolidé, et avec les conseils de Joseph, qui était un vrai cocher et qui se prêta à cette fantaisie, après quelques leçons de dressage, Blanchette se résigna et traversa les rues du village émerveillé, traînant triomphalement, en faisant sonner ses grelots comme un cheval de poste, sa nourrissonne, qui paraissait ravie.

Arnoul lith.

Imp. Becquet, Paris. p.v.

Ce terrible orage se prolongea près d'une heure.

V

PERDUS DANS LES BOIS

ous ces événements avaient pris bien plus de temps qu'il n'en faut pour les raconter ; il y avait déjà huit mois que l'orpheline avait été recueillie au carrefour de la Croix-de-Pierre. Elle se ressentait des soins dont elle était l'objet ; elle poussait à merveille, bientôt elle allait commencer à marcher. En attendant, on utilisait le carrosse d'osier, et c'était un des plaisirs du frère et de la sœur d'y promener leur filleule dans les avenues du château.

Blanchette était complétement formée, elle paraissait même trouver du charme à cet exercice qui n'avait rien de fatigant pour une bête aussi robuste. Elle aurait au besoin traîné le parrain, la marraine, et le bébé par-dessus le marché sans s'en apercevoir.

Toute cause d'inquiétude ayant donc disparu, on laissait souvent, à l'heure des récréations, les enfants s'amuser ainsi, en se contentant de ne pas les perdre de vue.

Madame de la Chesnaye avait confiance dans la sagesse de Jeanne, qui était incapable d'une imprudence et qui soignait sa protégée avec une grâce et une attention touchantes. Elle ne se défiait pas non plus de Gaston, qui, depuis ses dernières mésaventures, paraissait complétement corrigé.

Eh bien, elle avait tort, il fallait encore une leçon à notre enfant terrible, et il allait se la donner lui-même.

Une après-midi de la fin d'octobre, après la collation, Jeanne, ayant obtenu la permission de promener sa filleule avec Blanchette, autour du château, Gaston vint bientôt la rejoindre.

Il se montra d'abord très-calme, très-complaisant, embrassa sa sœur, embrassa sa filleule, embrassa Blanchette, poussa la carriole pour que la chèvre eût moins de peine, et sans en avoir l'air, les entraîna jusqu'au bout d'une longue avenue, qui joignait les bois voisins.

Le chemin était large, bien entretenu, les arbres y formaient une voûte de verdure des plus agréables, et ne différaient guère de l'avenue.

Nos petits promeneurs s'y enfoncèrent gaiement, la chèvre happait à la volée les brindilles fraîches et les rameaux des arbustes ; Jeanne se faisait un gros bouquet et remplissait la carriole de chèvrefeuille, de bruyères roses, de scabieuses violettes, de centaurées écarlates, de belles raiponces bleues, avec lesquelles le bébé s'amusait en riant. Gaston ramassait de grosses châtaignes, dont il écrasait les bogues épineuses sous son talon, et cueillait des poignées de noisettes rousses qui glissaient souvent entre ses doigts, se détachant elles-mêmes des coudriers, et tombaient à la moindre secousse des branches aux pieds de la jeune fille.

Ce bois était charmant et tentateur, mais tout d'un coup Jeanne, en se retournant, s'aperçut qu'on était insensiblement entré dans les allées de traverse et qu'on ne voyait plus le château.

— O mon Dieu, dit-elle, Gaston, retournons-nous-en vite, maman nous a défendu de sortir des avenues, et nous voici dans des chemins éloignés.

—Est-ce que tu as peur, poltronne? répondit Gaston, en se moquant.

— Je n'ai pas peur, mais je ne veux pas désobéir ; retournons-nous-en, je t'en prie, pour ne pas être grondés, et puis maman va être inquiète si elle s'aperçoit de notre absence.

Mais notre Gaston en était venu à ses fins. Il avait lu dans un livre de voyages les aventures de personnages faisant des découvertes dans les forêts; il s'était mis en tête de visiter, à sa manière, celle de la Chesnaye, où sa mère lui défendait de vagabonder, et, se sentant le plus fort, il prétendait continuer cette belle équipée.

— Ne crains rien, dit-il, nous ne nous perdrons pas; je connais les passages, je suis déjà venu partout là avec Renaud le garde-chasse; il y a dans le voisinage un beau pavillon, où papa déjeune avec ses amis quand ils chassent au bois; nous irons jusque-là, et puis je te promets, parole d'honneur, que nous reviendrons.

— Non, je ne veux pas, dit Jeanne d'un ton résolu; je veux retourner; la fraîcheur peut nuire à Louisette; si tu t'obstines, je m'en retourne sans toi avec elle.

— Voyons, ma petite sœur, fit-il en la cajolant, ne te fâche pas, viens jusqu'au pavillon, c'est à deux pas.

— Non, non, non! je m'en retourne! répondit résolûment la fillette. En même temps elle voulut faire tourner bride à l'équipage. Mais, Gaston la repoussa d'une manière brusque et lui dit:

— C'est bien, puisque tu veux t'en retourner, va-t'en; mais tu n'emmèneras pas Louisette!

Et, là-dessus, il la bouscula de nouveau très-vivement, si bien que la pauvre petite, sentant qu'elle était la plus faible, qu'il n'y avait pas moyen d'attirer du monde en appelant dans cet endroit éloigné, et ne voulant pas abandonner le bébé et la chèvre à ce méchant étourdi, se résigna à rester, mais avec le cœur gros et non sans laisser couler de temps en temps une larme.

— Oh! que c'est vilain, Gaston, ce que tu fais là! lui dit-elle. Va! si l'on te punit, ce n'est pas moi qui demanderai ta grâce.

— Puisque je te répète que le pavillon est à deux pas; tiens, l'aperçois-tu, au bout de ce petit chemin bordé de clématites et tapissé de mousse?

Pour mettre le comble à sa désobéissance, Gaston mentait: le pavillon ne se montrait pas du tout dans cette direction; et le chemin qu'il se vantait de connaître, il l'avait oublié; tous les sentiers du bois se ressemblaient; ce qu'il y avait de plus positif, c'est que plus il entraînait sa sœur, plus il se perdait et s'égarait. Mais, quand elle le lui faisait observer, il était trop entêté pour en convenir, ou du moins quand il en convint il était trop tard.

A force de marcher, en flânant et sans s'apercevoir de la lassitude, parce qu'on s'asseyait de place en place, on s'était tout à fait écarté de la direction fréquentée, le bois était très-long et, comme tous les grands bois, s'épaississait et s'enchevêtrait à mesure qu'il devenait plus éloigné.

Le fameux pavillon n'apparaissait pas, et quand même il aurait été dans le voisinage, on ne l'aurait pas distingué, car la nuit favorisée par les fourrés descendait rapidement.

On avait à plusieurs reprises calmé les plaintes de Louisette en lui donnant la mamelle de sa nourricière, et comme le besoin gagnait aussi le frère et la sœur, ce fut encore son lait providentiel qui vint en aide à nos aventuriers.

Gaston cependant faisait bonne contenance; il n'était pas peureux, quoique au fond il reconnût que la situation n'était pas brillante; il mettait tout son soin à rassurer sa sœur et à aider Blanchette, à qui il devenait presque impossible de mener son carrosse dans les sentiers obstrués par les ronces, remplis de trous de lapins ou de monticules de taupes.

Enfin, il y eut un instant où il fallut s'arrêter, la nuit était complète, et, au lieu des grands chemins par où l'on avait commencé, on distinguait à peine des trouées, où tous les arbustes épineux de la création semblaient avoir pris plaisir à pousser.

Dans cette détresse, Gaston fut pris d'un de ces accès de repentir qui succédaient toujours à ses incartades.

— Tu avais raison, petite sœur, dit-il, je suis un mauvais garçon; je t'ai mis dans le chagrin; tu es victime de mon entêtement, avec ce pauvre bébé et Blanchette! Tiens, je t'en prie, bats-moi, casse-moi cette baguette sur les épaules, appelle-moi méchant! tu n'en feras et n'en diras jamais autant que je le mérite. Mon Dieu, mon Dieu, qu'on est malheureux d'être désobéissant!

Arnoul lith.

Imp.Becquet.Paris. p.v.

L'homme s'avança à son tour en grondant aussi quoique d'un air moins féroce.

Il se désespérait et se frappait lui-même, car la bonne Jeanne, le voyant si sévèrement puni, se gardait d'ajouter à sa peine et même tâchait de le consoler, quoiqu'elle fût loin d'être tranquille.

Elle savait que le bois renfermait de vilains animaux; quand on y chassait, on y tuait presque à chaque fois des renards et des loups.

La petite caravane, ne sachant plus vers quel point se tourner, s'était arrêtée au pied d'un gros chêne. La chèvre blanche, qui avait plus peur encore que ses maîtres dans ces taillis épais, où son instinct flairait le danger, poussait des bêlements désespérés. Gaston s'efforçait de la faire taire, de peur qu'elle n'attirât ainsi les rôdeurs carnassiers, dont elle aurait été la première victime. Il lui prodiguait les feuilles et la bruyère; elle dévorait tout, mais elle n'en criait que plus fort comme pour appeler de l'aide.

Jeanne, blottie contre un gros arbre, berçait dans ses bras Louisette, qui, après avoir pleuré, finit par s'endormir.

Allait-il donc falloir achever la nuit dans ce refuge précaire? Gaston, qui ne manquait pas de courage et à qui le péril où il avait attiré sa sœur et sa filleule en donnait davantage encore, s'apprêtait, si un ennemi à quatre pattes se présentait, à se servir d'un bâton qu'il avait ramassé et, au besoin, de son couteau. Il avait entendu dire souvent que de jeunes bergers éloignent ainsi les loups, qui, à moins d'être très-affamés, ne sont pas des animaux braves.

Cela rassurait médiocrement la fillette, et elle pensait en soupirant à l'inquiétude de sa maman et des gens du château.

Pour qu'aucune épreuve ne leur fût épargnée, la nuit devint si noire qu'il ne fallut plus songer à bouger de place; puis il s'éleva une bourrasque, la pluie fouettait l'air, crépitait sur les feuilles et le vent mugissait à travers les arbres, avec des sons lugubres, pareils à des gémissements.

Ce fut un bonheur que les branches du vieux chêne fussent si grosses : nos réfugiés auraient été traversés jusqu'aux os. Ils ne reçurent, en se tenant blottis avec la petite voiture et leur chèvre sous leur abri, que quelques gouttes insignifiantes.

4

Ce terrible orage se prolongea près d'une heure. Vous jugez, mes enfants, ce qu'endurèrent nos jeunes amis durant ce beau temps-là, et avec quelle ferveur ils prièrent le ciel de leur venir en aide.

Peu à peu le calme se rétablit, les voix sinistres du vent s'apaisèrent, les nuages disparurent et la lune laissa filtrer une vague clarté à travers les fourrés.

Cela ne suffisait pas pour remettre les enfants perdus dans leur chemin, ni surtout pour les préserver du danger. Jeanne pleurait en silence, pressant avec anxiété sa filleule sur ses genoux; Blanchette s'agitait, ce qui était mauvais signe, mais elle secouait en même temps ses clochettes, et ce bruit, paraît-il, est si désagréable à messieurs les loups que, quand ils l'entendent, ils n'osent approcher.

Tout d'un coup Gaston, qui réfléchissait depuis un moment, s'écria :

— Dieu soit loué ! j'ai une idée !

Mais sa sœur, qui savait à quoi aboutissaient généralement ses inspirations, ne se montra pas du tout rassurée.

Cependant, cette fois, c'était moins déraisonnable que de coutume.

— Puisque nous sommes perdus comme le Petit Poucet, continua-t-il, je vais faire comme lui.

Là-dessus, il se mit à grimper à même le vieux chêne avec la légèreté d'un écureuil, et quand il fut tout en haut, ce qui donna à Jeanne un nouveau frisson, il commença à regarder autour de lui dessus les autres arbres que le sien dominait.

— Victoire ! victoire ! cria-t-il bientôt; console-toi, petite sœur. J'aperçois sur la gauche, pas très-loin d'ici, de la fumée qui sort d'une cheminée et une petite lumière qui brille. Il faut nous diriger de ce côté. Nous ne vivons plus à l'époque des ogres, qui n'ont jamais existé, et il est impossible qu'on n'ait pas pitié de nous, quand ce seraient des sauvages qui habiteraient cette chaumière.

— Allons, dit avec résignation Jeanne, je veux bien, essayons, je ne vois pas autre chose à faire.

Mais, pour se remettre en route, il fallut dételer Blanchette, abandonner le carrosse, et emporter à tour de rôle Louisette dans les bras, car les roues s'embarrassaient dans les ronces, la capote dans les branches et l'équipage aurait versé tous les dix pas.

La chèvre ne parut pas fâchée d'être débarrassée de ses longes ; elle témoigna sa satisfaction à sa manière, en frayant le chemin à ses jeunes maîtres à grands coups de tête, et retrouva, sous l'impulsion de la peur, l'instinct qui dirige merveilleusement les animaux domestiques vers les habitations humaines.

Gaston, qui renouvelait de temps en temps ses escalades dans les plus grands arbres, reconnut qu'elle était un très-bon guide ; elle ne prenait pas toujours le chemin le plus commode, mais on pouvait la suivre de confiance, elle ne se trompait pas de direction.

Il ne fallut pourtant pas moins de trois quarts d'heure aux enfants fatigués, et dont Louisette ralentissait la marche, pour atteindre une clairière au bout de laquelle ils eurent la joie d'apercevoir distinctement la petite lumière.

Elle passait à travers le trou du volet d'une hutte de terre.

Nos amis se croyaient tirés de peine, lorsque deux énormes chiens se montrèrent en aboyant d'une façon terrible. Ce fut une nouvelle occasion pour Blanchette de prouver sa bravoure. Elle leur présentait déjà ses cornes, mais ils allaient foncer sur elle, malgré cette attitude de bataille, quand la porte de la maisonnette s'ouvrit.

Un homme parut sur le seuil.

Il avait tout l'air d'un brigand : une grande barbe couvrait sa figure, il était habillé d'une houppelande en peau de bique avec des jambières en cuir jaune, et il tenait à la main un fusil.

V I

RETOUR AU CHATEAU

e personnage apparaissant ainsi dans ce bois, sous la clarté indécise de la lune, avait quelque chose de si effrayant, que Blanchette elle-même, battant en retraite, recula tout contre ses jeunes maîtres. Ceux-ci n'osaient plus avancer, et n'avaient pas besoin de cette aventure pour les achever. Jeanne avait supporté la marche, les écorchures, la faim et l'épuisement, en évitant de se plaindre, de peur d'augmenter les reproches que son frère s'adressait lui-même ; mais elle était à bout. Elle se laissa glisser sur la terre, en pressant douloureusement Louisette, qui se réveilla et se mit à geindre.

Par bonheur encore, dans cette détresse, les deux grands chiens, à l'apparition de leur maître, s'étaient arrêtés.

— Holà ! dit l'homme en faisant reluire le canon de son fusil sous la lumière de sa porte, qu'est-ce que c'est ?... Qui va là ?

A la manière dont ses chiens avaient donné de la voix, son oreille exercée avait reconnu que ce n'était pas à un gibier qu'ils en avaient, et comme il avait aussi des raisons particulières pour être sûr que des braconniers ne s'aventureraient pas de ce côté, il paraissait désireux de se renseigner. Dans l'obscurité, il cherchait

Arnoul lith.

Imp. Becquet, Paris. p. v.

Tout en parlant, Renaud jetait des branches sèches au feu.

vainement à distinguer ce que pouvait être ce groupe composé, comme nous savons, de deux enfants, d'une chèvre blanche et d'un bébé, blottis, serrés les uns contre les autres.

— Tonnerre de Brest ! gronda-t-il d'un ton qui devenait de plus en plus menaçant , répondrez-vous !

La surprise et la frayeur leur avaient en effet ôté d'abord la parole, mais Gaston, recouvrant sa hardiesse, lui cria :

— Ne vous fâchez pas , monsieur ; rappelez vos chiens ; nous sommes des enfants perdus dans votre bois.

Cette voix enfantine et cette explication produisirent leur effet. Décidément , cet habitant de la forêt n'était pas aussi sauvage qu'il paraissait. Son accent devint seulement un peu moqueur :

— Ah ah ! fit-il , nous allons voir ça ! Ici Tom ! Ici Black ! Ici tout de suite !

A cet ordre , les deux chiens retournèrent vers lui, mais à contre-cœur et sans cesser complétement de gronder.

L'homme s'avança à son tour en grondant aussi , quoique d'un air moins féroce.

— Ah ! ah ! vous êtes de petits maraudeurs , n'est-ce pas ? de petits vagabonds ? Vous avez couru après les écureuils, ou tendu des lacets pour prendre mes lapins !... Voyons, approchez que je vous fouille , pour voir ce que vous avez volé dans les champs.

— Mais non , monsieur, répondit Gaston , nous ne sommes pas des voleurs , nous sommes les enfants du château, qui nous sommes égarés en nous promenant.

— Tonnerre de tonnerre ! jura l'homme en les regardant de plus près, mais toujours dans la demi-clarté de la nuit , qu'est-ce que vous me contez là ? Me prenez-vous pour un imbécile ? Les enfants du château, à cette heure-ci , sont couchés paisiblement auprès de leur maman ; il n'y a que des mauvais sujets qui courent les champs la nuit dans un pareil équipage.

Il avait raison cet homme des bois : le frère et la sœur, à force de passer à travers les fourrés , avaient perdu leurs chapeaux ; leurs cheveux en désordre, mouillés par l'orage, leurs habits en lambeaux les rendaient méconnaissables.

— Monsieur, dit à son tour Jeanne de sa voix plaintive et douce, je vous assure que c'est vrai. Permettez-nous d'entrer chez vous, le temps de nous reposer avec Blanchette, car nous sommes tous bien las.

— Hon! hon! il faut voir ça, répondit l'homme apaisé de plus en plus par cette voix. Venez, je vais vous réchauffer.

Il prit le bébé sur un de ses bras, et emmena Jeanne en la tenant de son autre main, après avoir passé son fusil en bandoulière.

Dès que le frère et la sœur furent entrés et éclairés par la lampe qui brûlait sur une petite table :

— C'est ma foi vrai! s'écria l'homme, je vous reconnais, monsieur Gaston et mademoiselle Jeanne! Mais moi, vous ne me reconnaissez pas. Il est vrai que vous ne me voyez pas souvent et que je suis dans mon costume d'homme des bois...

— Si vraiment! dit Gaston se rappelant tout à coup ; vous êtes Renaud, le garde forestier, celui qui m'a conduit une fois au pavillon du rendez-vous de chasse.

— Justement ; et vous pouvez dire que vous avez eu de la chance de trouver ma cabane. Depuis un mois, je suis installé là, afin de faire la chasse à une famille de sangliers qui se sont adonnés dans ces bois et qui ravagent les champs des environs. Je leur ai déjà tué deux marcassins ; ils sont devenus plus méchants, et s'ils vous avaient rencontrés, vous auriez été perdus. Dieu merci, vous voilà sauvés.

Tout en parlant, Renaud jetait des branches sèches au feu, et faisait de son mieux les honneurs de son gîte aux réfugiés.

— Maintenant, leur demanda-t-il, quand il les vit réconfortés, voulez-vous vous coucher sur mon lit de fougère et de feuilles sèches?

— Oh! non, non! répondit vivement Jeanne. Soyez bien bon, et reconduisez-nous tout de suite à maman : elle doit être si tourmentée !

— C'est juste, dit le brave garçon, mais vous êtes encore

Arnoul lith.

Imp.Becquet,Paris. p.v.

Le sifflet du garde répondit à ces signaux, et l'on ne tarda pas à se rejoindre.

fatigués, et il y a un bout de chemin d'ici au château. Voyons, voulez-vous que je vous laisse ici et que j'aille porter de vos nouvelles à madame ?

— Non, non, non ! elle doit avoir trop envie de nous revoir, et j'ai trop besoin de lui demander de nous pardonner.

— Comme il vous plaira ; alors mettons-nous en route ; j'emmène mes chiens, et nous pourrions au besoin laisser la chèvre.

Mais Blanchette, qui semblait avoir compris, n'eut pas plutôt vu le garde prendre sa nourrissonne dans ses bras pour l'emporter, qu'elle poussa des bêlements désespérés et s'élança dehors par la fenêtre, dont elle brisa les carreaux, sans qu'il y eût moyen de la retenir.

Tout notre monde se mit alors en marche, assez mal éclairés par une lanterne, et malgré la bonne volonté du frère et de la sœur, leurs petites jambes n'avançaient pas vite. Blanchette se tenait à côté d'eux, faisant sonner sa clochette ; les deux grands chiens allaient en éclaireurs, flairant les alentours, et Renaud, tout en parlant à Louisette, avait l'œil au guet et se tenait prêt à se servir de son fusil s'il surprenait un ennemi à quatre pattes.

La Providence jugea sans doute que nos jeunes aventuriers étaient suffisamment punis. Aucun danger ne s'offrit. Au contraire, ils n'avaient pas marché un quart d'heure, qu'ils distinguèrent à travers les fourrés des lumières qui allaient et venaient, puis des sons de trompe et des voix qui appelaient.

C'étaient les gens du château qui étaient à leur recherche, sous la conduite du vieux Joseph.

Le sifflet du garde répondit à ces signaux, et l'on ne tarda pas à se joindre.

Ce fut une grande satisfaction pour tout le monde, et chacun s'employa pour emporter le frère et la sœur, qui ne se soutenaient plus qu'à force de désespoir. Mais la joie la plus vive fut pour madame de la Chesnaye, qui depuis la soirée était plongée dans une inquiétude horrible. Son premier élan fut d'embrasser ses enfants. Seulement, dès qu'elle fut remise de cette émotion et quand elle se fut fait expliquer ce qui s'était passé :

— Gaston, dit-elle, vous êtes très-coupable; vous avez abusé de ma confiance, de ma bonté et de la faiblesse de votre sœur ; vous avez failli compromettre son existence, celle de votre filleule et de cette excellente bête sans le secours et l'intelligence de laquelle vous n'auriez peut-être jamais pu arriver jusqu'à la hutte du forestier. Je ne crois plus à vos promesses, vous entrerez demain au collége.

C'est ce qui fut fait, sans que le coupable lui-même osât demander une indulgence qu'il ne méritait plus.

Depuis ces derniers incidents il s'est écoulé plusieurs années.

Jeanne est à présent une grande jeune fille de quinze ans, douée des plus aimables qualités et surtout de la douceur, qui est la plus précieuse de toutes.

C'est elle qui, sous la direction de sa mère, travaille à l'éducation de Louisette, à qui elle n'a pas voulu qu'on donnât d'autre institutrice, et Louisette récompense déjà ses bienfaitrices par sa gentillesse et sa reconnaissance.

Gaston a travaillé avec ardeur ; il est encore un peu léger et étourdi, mais il aime tant sa mère et sa sœur qu'on espère qu'il deviendra tout à fait raisonnable avec le temps.

Quant à Blanchette, elle n'a gardé aucune rancune à personne. Elle fait la distraction et la joie de ses maîtresses et continue d'égayer la société par ses tours d'adresse, son espièglerie et son intelligence.